U0008916

壞蛋聯盟

4

殭貓攻擊

文、圖／艾倫‧布雷比　譯／黃筱茵

主編／胡琇雅　美術編輯／蘇怡方　行銷企畫／倪瑞廷

董事長／趙政岷　第五編輯部總監／梁芳春

出版者／時報文化出版企業股份有限公司

108019台北市和平西路三段240號七樓

發行專線／(02) 2306-6842

讀者服務專線／0800-231-705、(02) 2304-7103

讀者服務傳真／(02) 2304-6858

郵撥／1934-4724時報文化出版公司

信箱／10899臺北華江橋郵局第99信箱

統一編號／01405937

copyright © 2022 by China Times Publishing Company

時報悅讀網／www.readingtimes.com.tw

法律顧問／理律法律事務所　陳長文律師、李念祖律師

Printed in Taiwan

初版一刷／2022年03月04日

版權所有 翻印必究 (若有破損，請寄回更換)

採環保大豆油墨印製

THE BAD GUYS Book 4: Episode 4: Attack of the Zittens
Text and illustrations copyright © Aaron Blabey, 2016
First published by Scholastic Press, an imprint of Scholastic
Australia Pty Limited, 2016
This edition published under license from Scholastic Australia
Pty Limited
through Andrew Nurnberg Associates International Limited
Complex Chinese edition copyright © 2022 by China Times Publishing
Company
All rights reserved.

壞蛋聯盟

文、圖/
艾倫‧布雷比
AARON BLABEY.

4

殭貓攻擊

殭屍貓咪
入侵！

殭貓發動攻擊

晚安！

如果有任何觀眾目前還在室外，
請你們仔細聆聽以下消息⋯⋯

蒂芬妮·毛茸茸

1

億萬富翁瘋狂科學家

路波特‧橘子果醬博士

釋放出一整個軍隊的

殭屍貓咪——

也就是大家所知的

殭貓……

橘子果醬的
邪惡面孔

所有人
都陷入危險！

沒有人逃得掉！

就連電視台這裡也被**包圍**了。
我不確定我們還能播出多久，
可是我來告訴各位
目前的狀況……

殭貓毛茸茸的、
超級可愛，可是
絕對致命！

別誤會了，
牠們可會**把你吃掉！**
不過以下幾件事也許能
幫助你逃過一劫……

想在貓咪大浩劫下活命的關鍵守則

首先，很多殭貓都掛著小鈴鐺。
如果你聽見可愛的
小小鈴聲——

快點逃、躲起來！

第二，牠們**不喜歡水**。
水就是你的最佳**防禦武器**。
牠們討厭水，
有時候甚至會因此離開。

最後，毛線球很容易讓牠們分心。
如果你遇到殭貓，
丟**一球毛線**給牠，
你就有機會
逃之夭夭。

可是啊，
如果你遇見
一整群殭貓，
以上建議全部無效。

這可不好玩

如果你被一整群殭貓圍攻，
那你只能這麼做了……
快點死命地跑呀！

碰！

噢，糟糕！牠們進來了！

喵呼噢咕嗚吼！

以上是
蒂芬妮·毛茸茸
為第六新聞頻道所做的報導,
大家可以從我身上看得出來……

現在的情況真的
**很慘,
非常慘……**

·第一章·
不好玩

……夥伴們？

更糟?!

真是夠了。
我看我們就把
狼仔丟給牠們
我們就可以
好好逃命了。

別再搖來搖去了！
你讓戲水池裡的水
都噴出來了啦！

11

真的！別再亂動了，蛇先生！

那灘水可是那些

迷你肉食怪物

和我們之間

唯一的屏障欸！

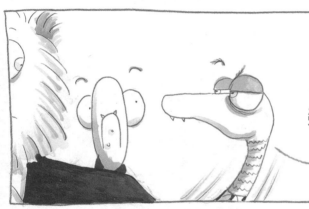

嘿，你也是

迷你肉食怪物，

不是嗎？

你還真敢說啊，這位

**吃老鼠和所有可愛
小寵物先生！**

拜託，別吵啦！

別忘了我們是誰——

我們可是

好人俱樂部欸！

真假？！那個蠢名字又出現了嗎？

對不起嘛——我是說……

我們可是**國際英雄聯盟之類的**傢伙耶，

才不會被這種小場面嚇到逃走哩，

對吧？

老兄，我們又沒辦法逃走。

我們被包圍了耶。

也許那是件**好事**呀！

什麼？

這個嘛⋯⋯這是我們再次發揮超棒表現的機會啊，不是嗎？

好吧。我改變主意了。我們把狼仔丟給牠們吧。

不，不，聽我說！**橘子果醬博士**，那隻小不點壞蛋億萬富翁天竺鼠之所以創造出這個殭貓軍團，就只有一個原因⋯⋯

什麼原因？

讓我們打敗牠們，
然後告訴他：
**「橘子果醬博士，
我們就是要給你一點
顏色瞧瞧！」**

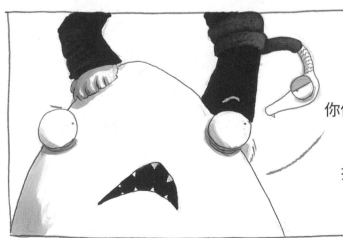

嗯……兄弟們，
你們知道我在想什麼嗎？
我要加入你們！
把狼仔丟給牠們吧。

等一下！
我聽到怪聲音了⋯⋯

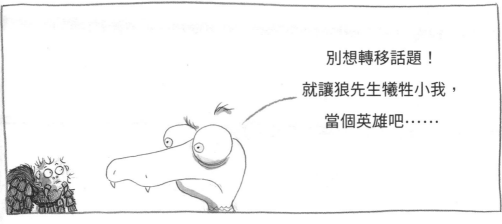

別想轉移話題！
就讓狼先生犧牲小我，
當個英雄吧⋯⋯

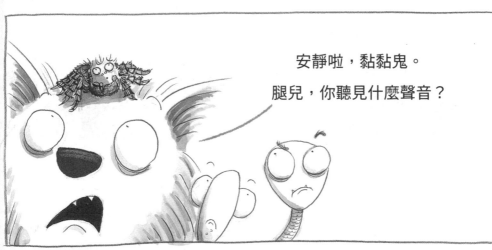

安靜啦，黏黏鬼。
腿兒，你聽見什麼聲音？

聽起來像是⋯⋯

像什麼？

像是⋯⋯

像什麼啦？！

聽起來像一隻殭屍貓咪
用爪子在我們的
戲水池上挖洞嗎？

啵！

不，
聽起來更像……

是狐狸特務！

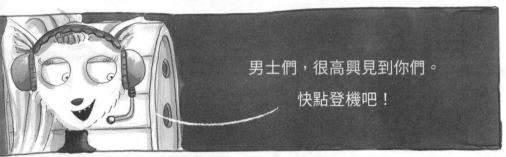

男士們，很高興見到你們。
快點登機吧！

她又救了我們一命！

是咩。被女生救。
還救了兩次。
這也太糗了吧。

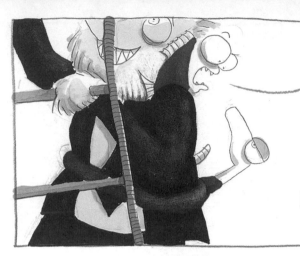

太糗了？！
小子，你有什麼毛病啊？
我們何其有幸，
認識這樣一位
堅強又充滿力量的女士欸！

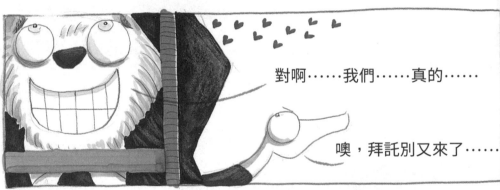

對啊⋯⋯我們⋯⋯真的⋯⋯

噢，拜託別又來了⋯⋯

噢，有一件小事
要麻煩你啦，
狼先生⋯⋯

請儘管吩咐！

不曉得你介不介意
幫我抓一隻殭貓呢？
可以的話就太完美了。

噢。啊……
當然可以咯。

嗯……
好吧。
貓咪貓咪貓咪，
來這裡唷~

為了妳，
任何事都行，
狐狸特務……

呀嗚 嗚 嗚！

突襲！

…喔喔…

食人魚先生，
他抓到一隻殭貓了嗎？

哼哼 哼哼 哼哼 哼哼 哼

噢，女士，有的。
他正在設法安撫貓咪，
用一個……さ……抱抱。

·第二章·
有分身就好啦

牠咬了我鼻子！

我要變成殭屍了！

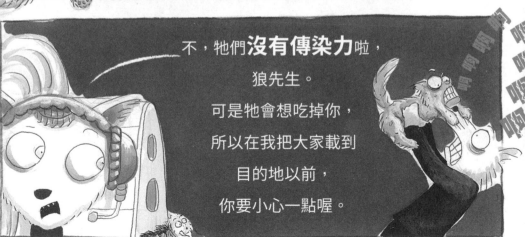

不，牠們**沒有傳染力**啦，
狼先生。
可是牠會想吃掉你，
所以在我把大家載到
目的地以前，
你要小心一點喔。

呼，總算鬆了
一口氣—— 啊 啊 啊

啊 啊 啊 啊 啊 啊

什麼目的地？

我們要去哪裡？

腿兒？你可以幫忙
操控一下方向盤嗎？

當然沒問題！

男士們，有個人也許能協助解決現在的殭貓問題。

她叫**秋葵湯奶奶**。

如果我們能帶一隻活的殭貓去給她，

她就有可能製造出**解藥**，

把殭貓變回正常的小貓咪。

解藥？
哇，聽起來真是
棒透啦

不幸的是：這件事沒有那麼簡單。

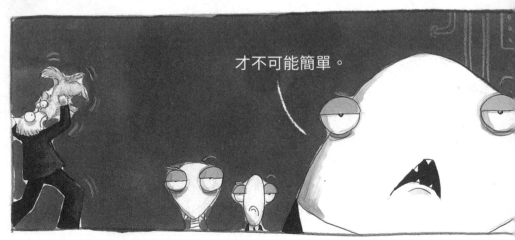

才不可能簡單。

我得把這隻殭貓送去給**秋葵湯奶奶**。

可是我也得繼續跟蹤**橘子果醬博士**。

問題是：我不可能有分身。

所以啊，鯊魚先生，

還有食人魚先生……

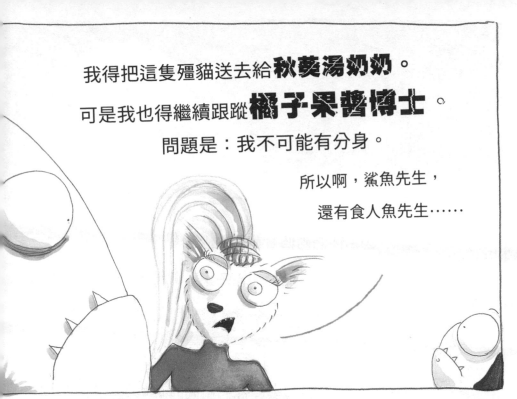

嗯？

我需要你們幫忙。

為什麼是我們？

因為你們兩個會**游泳**啊。

我已經追蹤到橘子果醬博士，

他就在**哥斯大黎加海岸**

50英里外的一座島嶼上。

我需要你們偷偷的游到那裡去監視他。

還有，如果你們不介意，我建議你們

偽裝一下。

介意？妳這個主意
讓我很來勁耶。
我加入。

這……

食人魚先生？你好像很困擾。
有什麼問題嗎？

嗯，女士，
我可能有點小問題欸……

什麼？

我是淡水魚哩。

所以呢？

我沒辦法在海裡游泳。
那樣對我的肚子很不好。

你沒開玩笑吧？！
不能在水裡游泳還算魚嗎？

老兄，

我又沒說我不游，

我只是不怎麼愛鹹水。

你是魚欸！

我是**淡水魚**嘛！

我就直說好了——

你和這位白鯨先生沒事到處趴趴走，

就像這是全世界最正常的事情，

可是你卻擔心你的

魚鰭上沾到一點點鹽巴？！

ㄟ，我也很納悶你們怎麼能

這樣到處趴趴走耶……

……不過這不關我的事啦……

食人魚，別擔心。

我會把你安全送到那座島的。

順便聲明一下，

我們愛怎麼趴趴走……

真是夠了！
我要吞掉那條
可惡的醜毛毛蟲！

嘿！兄弟們，放輕鬆嘛。

狐狸特務聽得到你們的聲音欸。

稍微冷靜一點嘛，可以吧——

噢噢噢噢噢噢噢噢，

我的臉！

牠·抓住·我的·臉了！

是喔。那當然啦，狼仔。

我們會試著冷靜一點。

就跟你一樣。

腿兒，帶我們飛低一點。

鯊魚先生，就載你到這兒啦。

那食人魚先生勒？

看你咯……

小姐，我願意。交給我就對了。

那隻天竺鼠逃不出我們的手掌心了！

太好了，食人魚，我會想你的。
希望你鹽出必行喔！

噢噢 噢噢噢 噢

我一定要給你一點教訓

你這條

可惡的臭——

他說這條什麼？

好啦，阿蛇。
狐狸特務，
我們任妳差遣。
妳可以放心，
秋葵湯奶奶的殭貓
由我好好「手護」著唷。

欸，他還真是個蠢蛋耶。

不過是我們可愛的蠢蛋唷。

收到，狐狸特務

腿兒？請留在附近。

等到該接我們的時候，我會聯絡你唷。

大夥兒，
注意安全喔。

謝啦，腿兒。

只是……

狐狸特務？

我們到底在哪裡呀？

這是……

秋葵湯奶奶家。

我先警告你們喔——

奶奶有點……奇怪。

所以最好由我來發言……

好啦,好啦,隨便啦。

嘿,門開了啊……喂!

老太婆!牛奶和餅乾在哪裡?

我勒!

嘿，看看是誰
在我家客廳大吵大鬧！
原來是香甜又美味的**小蟲蟲**！
好吃好吃真好吃！
我要一口把你吞掉！

噢，糟糕……

噢，你吃起來絕對
超級超級……

超…超超…超超超…

哈 哈 哈 哈 哈 哈……

哈 哈 哈 哈 哈 哈
哈 哈 哈 哈 哈 哈……

我接！

祝妳健康啊，奶奶！

是誰在說話？
狐狸小姐，
是妳嗎？
真沒想到妳會出現！

可是妳幹嘛帶這隻髒兮兮的
雜種狗到我家客廳來啊？！
妳明明知道我對雜種狗過敏呀！

奶奶，我道歉。
可是我真的很希望……

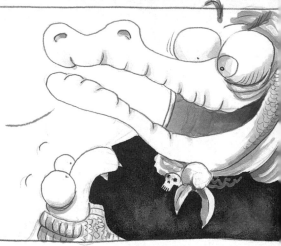

好啦沒關係啦，
好歹妳也幫我送了一頓
大餐過來！

嘿！

快把這隻起肖的**老鱷魚**

從我身上移開！

閉上你的嘴，蟲蟲。

我的老天！

你也太難嚼了吧！

現在是怎樣啦！

等一下！
我的牙齒咧？

奶奶，在我臉上⋯⋯

雜種狗，把牙齒還我。

奶奶，抱歉打斷您，
可是您記不記得我們曾經聊過
關於找出**殭貓解藥**的事？

解藥？

什麼解藥？

噢，這玩意兒的解藥嗎？！

我當然記得！

事實上，我現在就正在燉這鍋神祕配方……

奶奶，這真是太完美了。

然後，

我只需要拔一撮

牠的**毛**……

灑！

灑！

接住！

問題是……

呼 呼 呼 呼 呼 呼 呼

咬咬！

要完成我的解藥，

還需要一點

蛇毒！

可是現在這種時間
我要上哪裡去找蛇毒嘛……？

欸……

狼仔！你敢……

蟲蟲，你閉嘴。
雜種狗，你剛才說什麼？

奶奶，我覺得妳會找到
妳需要的毒液啦⋯⋯
就從那條⋯⋯蟲蟲身上。

嗯，真沒想到！
我想你說得對——
這個眼神卑鄙、投機取巧的
陰險的傢伙正好可以⋯⋯

妳聽好了——

安靜，小鬼。
別動。

等一下，老太太。
妳有受過抽取毒液的
專業獸醫訓練嗎？！

沒。

可是用這個瞄準

我可拿手了⋯⋯

看我的煎鍋⋯⋯

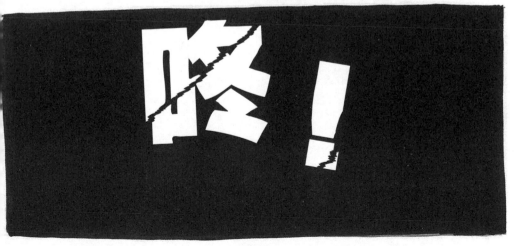

·第四章·
偽裝大師

好咯，張開眼睛……

呃……
我猜不出來啦。
你為什麼要扮成獨角獸？

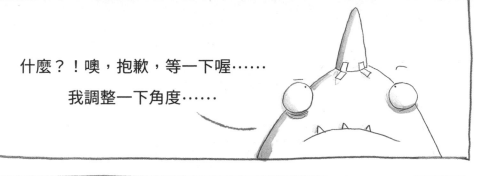

什麼？！噢，抱歉，等一下喔……
我調整一下角度……

噠啦！

噢噢噢噢！我知道了！
你是**海豚**！
兄弟，你還真是偽裝高手呀！

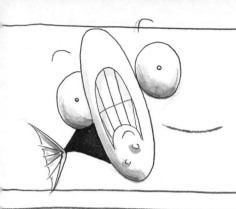

喂喂喂喂喂！
你這傢伙幹嘛裸體啦？！

你上一次看到海豚穿衣服
是什麼時候的事？

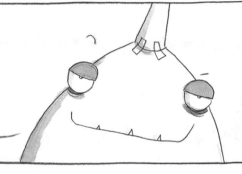

ㄟ……是沒看過啦。
但我覺得你八成是
花太多時間跟那隻光屁股的蜘蛛
腿兒混了……

小兄弟，別囉嗦了。
現在我就跟海豚一樣自由自在，
而且**這樣超讚的！**

問這個問題我一定會後悔，
可是你頭上幹嘛頂著**魚缸**呀，
兄弟？

因為**這隻**小海豚有一條寵物金魚
叫做明蒂。

希望你說的話
不是我想的那個意思……

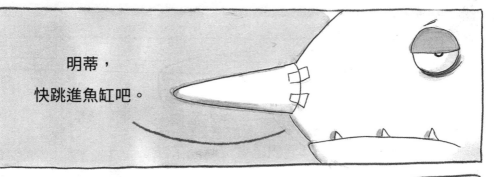

明蒂，
快跳進魚缸吧。

你瘋了嗎？！
你要我扮成一條金魚？
名字還叫明蒂？！

你終於聽懂了。

等我幫你打扮好，保證**沒人**能認出我們。

我們會找到橘子果醬，**你**身上也不會沾到半滴鹽水。

小子，我拒絕裸體！

我才不幹！

冷靜，先穿上這個。

我們已經沒時間了。

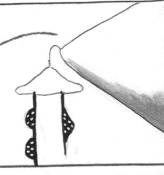

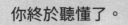

不久之後……

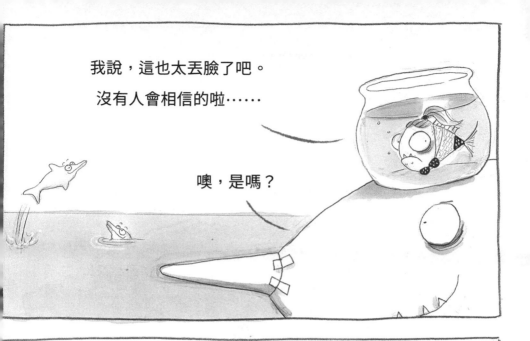

我說，這也太丟臉了吧。

沒有人會相信的啦……

噢，是嗎？

嘿，大夥兒！

我帶我的寵物金魚明蒂來看看這座住著

恐怖天竺鼠的島，

我真是太興奮了！

可是我不確定他在哪裡耶。

你們不會剛好知道怎麼找到他吧？

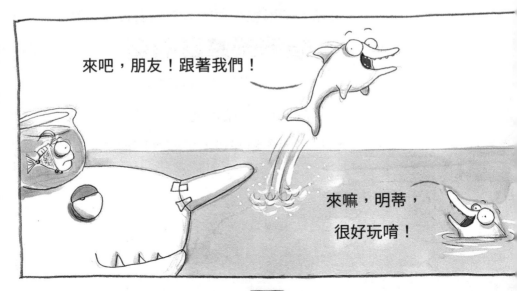

你不許再質疑我的偽裝術咯。

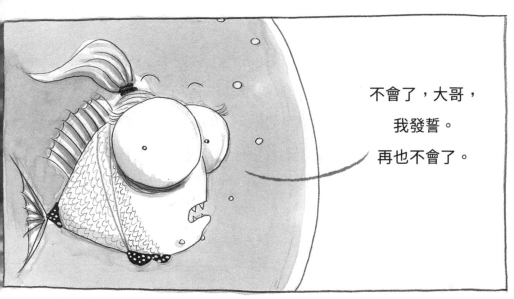

不會了，大哥，
我發誓。
再也不會了。

·第五章·
解藥

啥？

發生什麼事？

蛇先生，你好啊。

看你感覺好一些了真棒。

你願意捐獻一些毒液真是慷慨。

奶奶真的很欣賞你這英勇的行為。

捐獻？！她剛才用煎鍋**敲我**耶！
她絕對是瘋了！

唉唷，好了啦！
好兄弟，放輕鬆嘛。
我很肯定狐狸特務一定掌握了
現在的情況......

對對對，你說的都對啦！
你這個**被愛情沖昏頭**的蠢蛋說的話一定對！

也許我們可以讓奶奶
再敲他一次，呵呵呵呵呵呵呵⋯⋯

我替奶奶道歉。
她的方法實在是**太不尋常**了。
可是，蛇先生，我可以向你保證——
奶奶是天才唷。

噢天才？

所以她才在頭上套上烤火雞屁股嗎？

我的媽媽咪呀！

大家都上哪兒去啦？！

我看不見啊……

哈 哈哈哈 哈...

哈哈哈 哈哈 哈哈

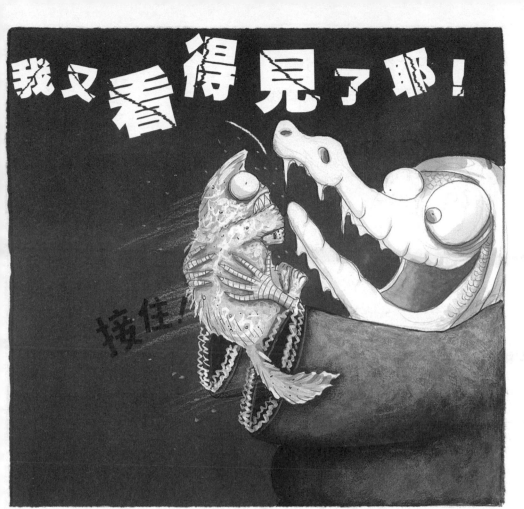

喔，她是天才，好吧。

閉上你的嘴啦，小蟲蟲，
把那邊的毛線球傳給我，
奶奶我要大顯身手了！

哇，奶奶，
你怎麼會有這麼多毛線呀！？

這都是用我**吃掉**的雜種狗的毛做成的呀。

我⋯⋯我還以為你⋯⋯
對雜種狗⋯⋯
過敏呢⋯⋯

對呀，可是牠們
太好吃了，
我克制不了嘛。

噢糟糕，是殭貓！
我們被包圍了！

好極了。現在我們要和這個
沒牙齒的瘋子一起死在這裡了。

男士們，振作一點。
奶奶，現在該⋯⋯

我聽見咯！雜種狗，

接住！

啪噠！

哇哇哇哇啊啊！

現在，看好了……

咚！

貓咪，接住！

我的天啊！真的有用欸！

奶奶，妳是天才！

辰啦！

你說什麼？

抱歉潑妳冷水，

可是如果我們走出去，

在我們丟出毛球之前，

那些殭貓就會把我們撕成碎片。

牠們的數量那麼多……

·第六章·
天竺鼠島出事啦

夥伴們，我們到了！

很酷吧！

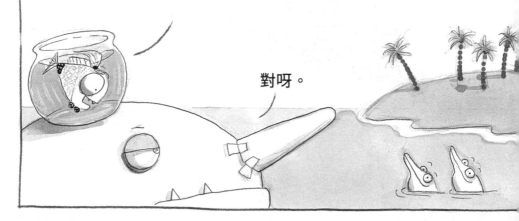

哇！這些海豚還真是可愛又友善！

對呀。

不過，

我還是覺得他們光溜溜的很怪耶。

老兄，

我們在亞馬遜河才不來裸泳這一套勒。

我懂，那是海洋派作風啦，

久一點你就習慣啦。

你有看見什麼東西嗎？

沒有啊，

我們是不是太晚到了，

這裡看起來

完全荒廢了欸。

也許他……

等一下……

你看！

是橘子果醬！

他在上面幹嘛？

那看起來像是⋯⋯

嘿，朋友們！

我們來玩遊戲嘛！

對呀！

看看誰跳得最高！

我找不到他欸，
不妙。

老天，
我還以為海豚
都很聰明……

那只是傳說而已，
有些海豚真的很笨。

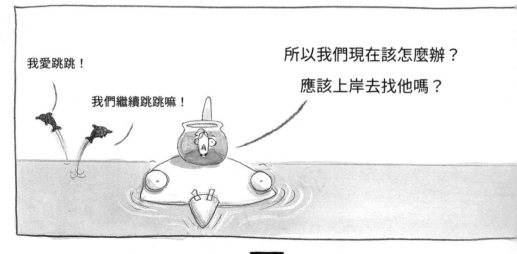

我愛跳跳！

我們繼續跳跳嘛！

所以我們現在該怎麼辦？
應該上岸去找他嗎？

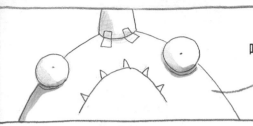

啊喔，我看我們根本不必⋯⋯

轟隆！

噢，見鬼了！

那是啥？！

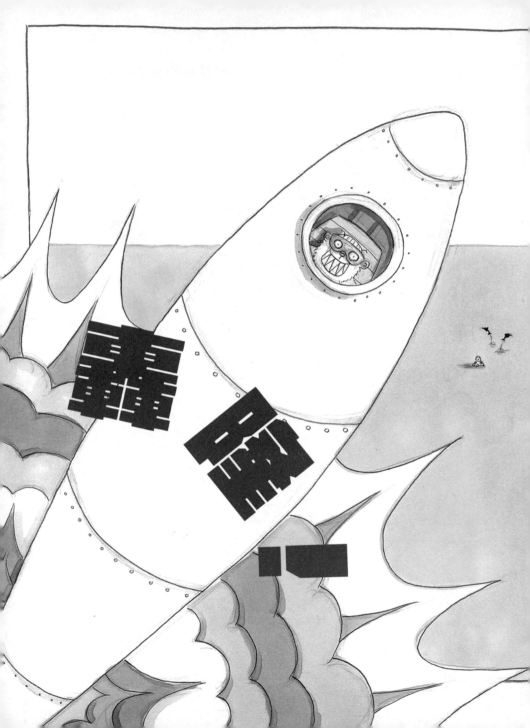

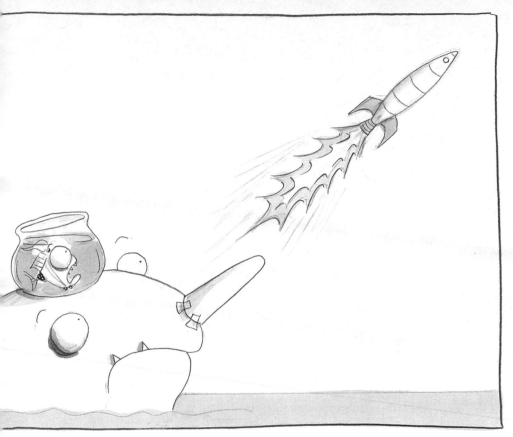

你覺得⋯⋯
他要去哪裡啊？

第七章

繼續開卡車啦

葵湯奶奶 💀

全 天 然 草 本 藥 水

好咯，男士們，

準備好要出發了嗎？

快了快了！

我再把這些枕頭綁緊一點就可以了……

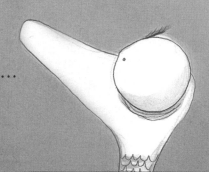

狼仔，你在幹嘛呀？

記得嗎？我們是好人欸。
我們不想傷害任何小貓咪，
我們要**解救**所有的貓咪。

這些**靠墊**和**枕頭**會確保我們
高速穿過牠們時，
牠們全都不會受傷⋯⋯
棒吧。

那是我這輩子聽過最蠢的事了。
這輛超酷卡車被你搞得很可笑。

區區一條蛇的意見，我不在乎。
我覺得這輛卡車看起來很棒。

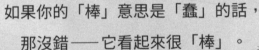

如果你的「棒」意思是「蠢」的話，
那沒錯——它看起來很「棒」。

別再廢話了，快上來！
我們該出發了！

男士們，記得唷——

我來**開卡車**，你們負責**丟毛線球**。

外面有好**幾千隻**殭貓，

所以這個工作並不容易，

可是……

如果要問誰有能力辦到，

當然就是我們了。

妳好棒喔！

我是說……我真愛妳欸……

我是說……我覺得妳最酷了……

我是說……對……不對……對啦。

本屆最尷尬演說獎

得主是……

狼先生，別理他。

我覺得你

最棒了！

好了，男士們，

我們出發咯……

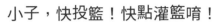

小子，快投籃！快點灌籃唷！

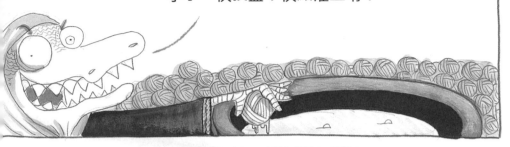

噢，天啊，

有**好幾百萬隻**耶！

男士們？你們聽得到我的聲音嗎？

可以，狐狸特務。
有什麼能為妳效勞的嗎？

殭貓分布的範圍
比我們原本想像的還遠。
我們得想個辦法，
**把毛線球
拋得更遠才行。**

噢，是嗎？
那妳說說看我們
怎樣才辦得到啊！

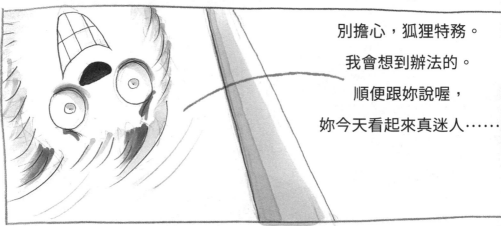

別擔心，狐狸特務。
我會想到辦法的。
順便跟妳說喔，
妳今天看起來真迷人……

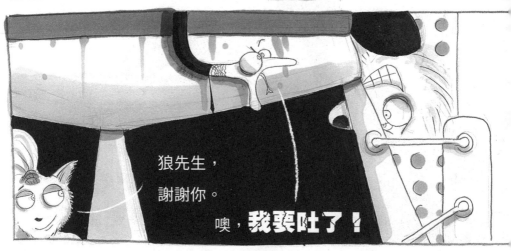

狼先生，
謝謝你。
噢，**我要吐了！**

小狼喜歡小狐狸，
想 和 狐 狸
玩！ 親！ 親！

噓！

我受！

等一下……

這讓我想到……

一個主意了！

咻咻咻咻咻咚!

這就對了！狼先生，

不管你在做什麼，請繼續唷！

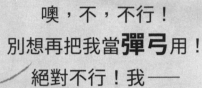

噢，不，不行！

別想再把我當**彈弓**用！

絕對不行！我——

塞！塞！塞！

塞！塞！塞！

塞！塞！塞！

唉呀！

這可是你

發光發熱的時刻呢，

小傢伙。

問題是——一條蛇到底可以

塞進多少毛線球呀？

想不到，
還滿多的嘛。

噢噢噢噢！看看那隻
又胖又多汁的蟲蟲！
看得我肚子都餓啦⋯⋯

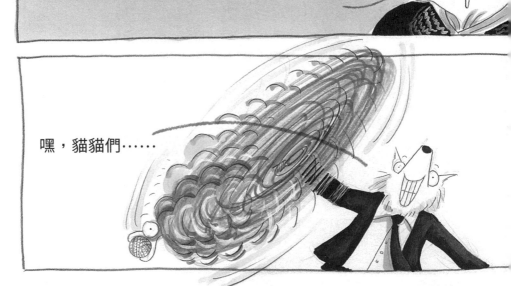

嘿，貓貓們⋯⋯

狼先生，你真天才！
你成功了！

嗜呼！

現在什麼都
擋不住我們了！

嗯……

我吞！

嘿！阿蛇呢？！

在我**肚子裡**啊，雜種狗，

嘿嘿，真的喔！

狼！快把我弄出去呀！

妳吃了阿蛇？！

妳到底有什麼毛病呀？

因為**我餓了**。

我正在準備，

待會就吃得下

幾隻**雜種狗**了……

喔……

噢……

厂……

哈……

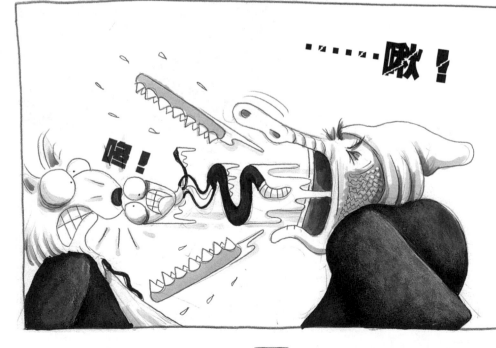

………**啾！**

嘖！

狼仔，你有什麼遺言嗎？

狐狸特務……

你是認真的嗎？你真的那麼喜歡她？

不是，你看！

……狐狸特務！

看看還有誰來了！

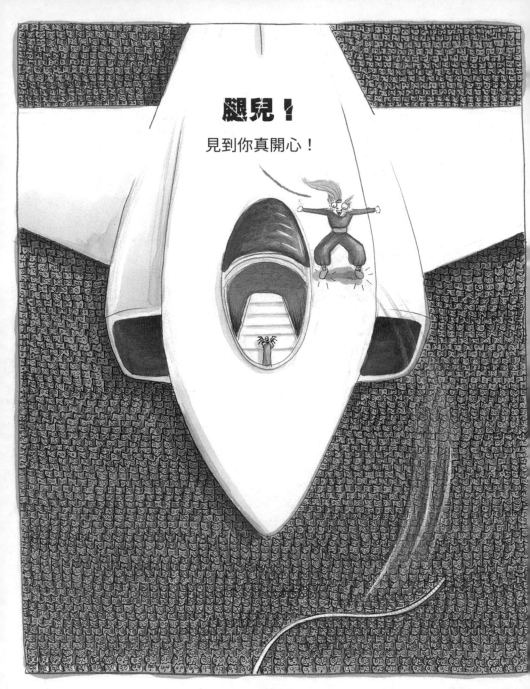

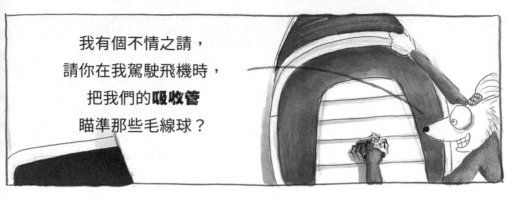

我有個不情之請，
請你在我駕駛飛機時，
把我們的**吸收管**
瞄準那些毛線球？

沒問題唷！

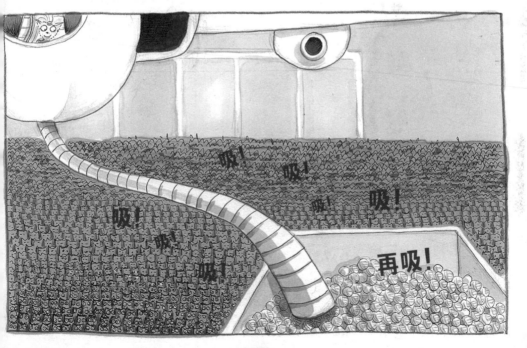

吸！ 吸！

吸！ 吸！

吸！

吸！

吸！

再吸！

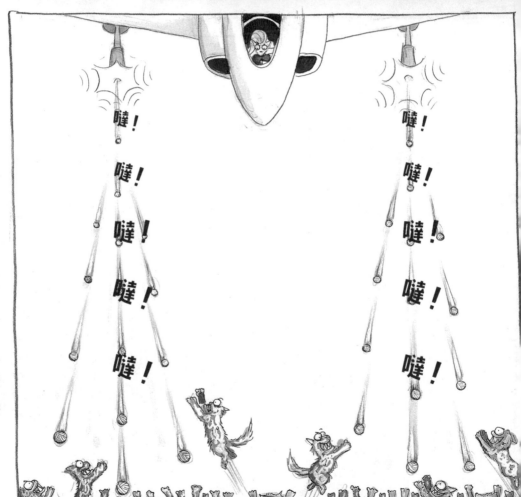

好了，這樣應該可以咯。

現在⋯⋯

我們來終結這場鬧劇，如何啊？

嗶！

嗶！

嗶！

嗶！

嗶！

嗶！

嗶！

嗶！

嗶！

嗶！

我們
成功了！

11:08
23°
噢，狼先生……

購物中

·第八章·
怎麼又回來啦

嗨，各位！
仔細聽好了，因為我有一個專屬的
特別訊息要告訴**你們**！
你們很幸運不是嗎？
首先，恭喜你們撐過我
小小計畫的**第一階段**。

購物中心

第一階段？！
聽起來有點不妙……

當然咯，幾隻小貓咪是一回事。

可是想像一下：如果我有一個強而有力的武器，

可以把**地球上每一隻可愛得讓人想抱抱**的

生物都變成**流著口水**的**毀滅武器**咧！

那樣不是**超讚的**嗎？！

他在說謊！他才沒有那種武器，
那是不可能的……

不信？狼先生，
讓我來向你介紹**可愛激化光**！

可愛激化光™

想像一下，世界上的
每隻小狗狗……

小兔兔……

小馬兒……

海豚……

可愛激化光 ™

……全都即將被改變，

只需要拉一個

小拉桿……

就變成邪惡、凶狠，徹底令人討厭的⋯

殭狗！

殭兔！

殭馬！

或者 殭豚！

把全世界可愛的東西 都變成 殘酷的猛獸！

這就是我的宣傳標語，不錯吧？！

希望各位能享受

你們在地球上最後的日子。

噢，還有，我要向

國際英雄聯盟的人宣布……

……我要讓你們好看，廢物！

噢，沒錯，我就是這麼壞！

還有，如果我是你們，

就會離這些小貓咪遠一點。

因為這一次，

地球上任何解藥

都幫不了你們啦……

喵喵嗚吼吼嗚嗚嗚！喵喵嗚吼嗚嗚嗚！

我要說的就是這些了，小丑們。

所以……

再見啦！
我才不想**變成你們**哩！

他們還說我瘋了！

購物

·第九章·
比你想的
還要遠一點喔

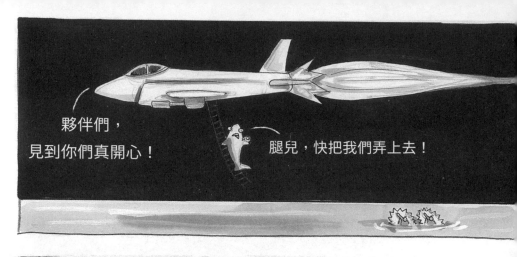

夥伴們，
見到你們真開心！

腿兒，快把我們弄上去！

兄弟們！
我的朋友們，
謝謝你們啊！
可是聽我說——
大事不妙了！
橘子果醬**搭火箭**
離開了，
我們呆萌的海豚夥伴們
也變成怪物了，
而且……

小辣妹，我們知道啦。

對了，

這比基尼很美唷。

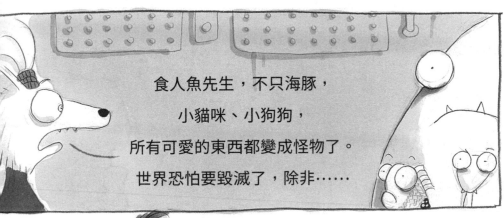

食人魚先生，不只海豚，

小貓咪、小狗狗，

所有可愛的東西都變成怪物了。

世界恐怕要毀滅了，除非⋯⋯

⋯⋯除非我們能

拯救世界。

要怎麼救？

我們甚至不曉得

可愛激化光在哪裡。

腿兒？

我可能知道唷。

把那可怕的可愛激化光

投射在**整個地球**

唯一的辦法，

就是從**太空中**發射……

我們有看到他搭火箭離開地球了⋯⋯

好的。這樣的話，
他只有一個地方可以登陸，
不是嗎？

噢，腿兒，
你說得對。
要找到他，
催毀那具武器的
唯一辦法，
就是到⋯⋯

到哪裡？我們得去哪裡？

食人魚先生，我們得去……

下集待續……

壞消息？ 世界就要毀滅了。

好消息嘞？

壞蛋們回來拯救地球了！

是啦，他們說不定得去「借」一艘**火箭**……

而且其中有件太空裝可能有點**討人厭**喔……

再加上食人魚先生吃太多**墨西哥豆子捲餅**了……

可是說真的，那會有多糟？

多糟？！超慘的啦！

這對**國際英雄聯盟**之類的好人是一小步，

對**壞蛋聯盟**來說卻是超級大躍進！

壞蛋
聯盟 ⑤

即將發射啦！